# 행복 에스프리

도서출판
작가마을

# 행복 에스프리

**초판인쇄** | 2020년 3월 20일
**초판발행** | 2020년 3월 30일

**지 은 이** | 이향영
**편집주간** | 배재경
**펴 낸 이** | 배재도
**펴 낸 곳** | 도서출판 작가마을
**등 록** | 2002년 8월 29일제 2002-000012호
**주 소** | 부산광역시 중구 대청로 141번길 15-1 대륙빌딩 301호
　　　　　T. 051248-4145, 2598　F. 051248-0723　E. seepoet@hanmail.net

ISBN 979-11-5606-140-3　03810　정가 12,000원

※ 이 도서의 국립중앙도서관 출판예정도서목록CIP은 서지정보유통지원시스템 홈페이지
　(http://seoji.nl.go.kr)와 국가자료공동목록시스템(http://www.nl.go.kr/kolisnet)에서
　이용하실 수 있습니다. (CIP제어번호 : CIP2020012189)

# 행복 에스프리

이향영 시집

해운대 달맞이

푸른 언덕

나무벤치에 앉아

사랑의 물결이

은빛으로 밀려오는

바다의 미소를

해풍에 담아

그대에게 보냅니다.

2020년 봄

이향영 씀

■
■
■

## 추천사

**윤보영** 커피시인

이향영 작가님은
멋을 아는 분이십니다.
아니 멋을 즐기는
분이십니다.

이 멋진 분이
그 멋을 나누기 위해
시집을 발간합니다.
시집 속의 시를
읽는 독자들은
먼저 읽은
저처럼 멋있는
사람이 될 것입니다.

김경숙
(부산 해운대지역 라인댄스 강사)


라인댄스라는 매개체를 통해
인연을 맺게 된 이향영 선생님!
처음에는 적지 않은 연세로 댄스를
계속 할 수 있을까? 싶었지만, 기우였습니다.


음악에 대한 열정과 감성으로 신나게
즐기시는 모습을 지켜보면서, 오늘도
제 자신에게 다짐해봅니다.
선생님과 같이 열정과 멋을 즐기며
회원님들과 함께 살아가겠노라고


꼿꼿한 자세와 환한 미소로
쉬지 않고 배우려는 열정은
우리 모두의 롤 모델이십니다.


앞으로도, 경쾌한 음악 속에서
영혼의 위로와 몸의 건강을 위한
라인댄스가 선생님과 함께
회원님들과 아름다운 인연으로 행복하길 기도합니다.

## • 차례

78세, 아직은 라인댄스로 건강을 잘 지키고 있습니다. 나비는 천 피트 밖에서 솔메이트의 말을 듣고 날아가 사랑을 한데요. 벌은 꽃 앞에서 천오백 번의 춤동작으로 사랑을 속삭인다고 미네소타대학 과학자 팀이 관찰했다지요. 제 몸은 춤으로 신나게 운동을 하고, 가슴은 천 피트보다 먼 추억의 팝뮤직을 즐기며, 머리는 온갖 상상으로 감성시를 쓰지요.

만약, 요양병원에 가게 된다면 장난감 하나쯤 준비하고 싶었지요. 왜냐면 세 군데 병원에서 인지기능 저하 검진결과를 받았으니까요. 수채화 켈리를 배웠지만, 시바타 도요처럼 간단한 시를 쓰고 싶었어요. 그때 짧은 감성 시를 대중화 시킨 윤보영 시인의 시를 만났지요. 라스트 스테지는, 짧게 사랑과 그리움을 표현하기에 이보다 더 좋은 글은 없겠다 싶었지요. 시인의 회원인 바다향기님 도움을 받아 미국에서 온 친구들과 윤보영 시인을 만나러 서울에 갔지요. 순수하고 다정한 분이셨어요. 배우고 싶다는 제 뜻을 흔쾌히 받아주셨고, 그 후 저는 이 메일과 전화 그리고 문자메시지로 지도를 받았지요.

배우려는 저보다 가르치는 분이 더 열정적인 분은, 이 나이를 살아오는 동안 처음이었지요. 짧은 시이기에 쉽게 생각했던 것은 오만이었고, 제게는 얼마나 어렵던지 "선생님 도저히 못 쓰겠어요." "쓸 수 있어요. 방안에 뭐가 있죠?" "화분, 사진, 시집, 빈 베게, 그림, 침대, 커튼요." "하나하나 메모를 해봐요." 그렇게 지도를 받았지요. 너무 송구해서 "선생님 개인지도 수강료 보내게 계좌번호 알려주세요."

"하하, 수강료는 없습니다. 배우시려는 열정에 오히려 제가 감사하지요. 수강료는 시집이 나오면 사인해서 시집 한 권 보내주시면 됩니다." 미국에서 40여 년을 산 제게는 이해가 안가서 "선생님은, 시간이 돈인데 선생님 시간을 친척이나 제자도 아닌 제가 사용한다는 건 있을 수 없는 일입니다." "제게는 가르치는 보람이 있지요. 시바타 도요에게 시인 아들이 있었다면, 선생님은 제가 도와드리지요"

제 생애 이런 스승님은 처음이었지요. 제 감성이 무디어 시를 제대로 못 배우니, 저 때문에 부산 특강까지 와 주셨습니다. 부산에 있는 회원들을 처음 만났는데 한결같이 윤보영 시인은 어린이처럼 순수하고 부담을 안주는 좋은 분이라 했습니다. 열정이 있는 이에게는 누구나 그렇게 지도해 주신다는 말을 들었지요.

Mony가 우선인 현실에 이런 분을 만나다니, 모국에 돌아오기를 잘했다는 생각이 들었지요. 건강문제로 운동도 챙겨

야했어요. 제게는 모든 운동이 어려웠고, 지루하고 힘들기 시작할 때 신나는 라인댄스를 만났지요. 해운대센터에서 최고령자인 저는 잘 못해서 주의 분들께 미안하기도 하고요. 하지만 열정적으로 가르치는 김경숙 강사님과 환한 미소와 고운 말씨로 친절히 대해주는 회원님들 만나면서 운동이 즐겁게 느껴지기 시작했지요.

라인댄스와 과일과 부산을 주제로 메모를 시작했고, 윤보영 시인 도움을 받아 시집이 나왔습니다. "선생님! 저도 남은 삶을 선생님처럼 베풀며 살고 싶어요."

이 시집을 윤보영 시인님 그리고 김경숙 원장과 라인댄스 회원들께 바칩니다. 사랑과 감사를 시집에 담아, 곱게 포장해서 이 시집을 읽는 독자에게 선물로 드리고 싶습니다.

# 행복
## 에스프리

이향영 시집

# 제1부

행복사랑 에스프리

## 테드, 파워포인트

하버드 경영대학원에서
사회심리학을 연구하는
에이미 커디 교수
그녀는 두 팔을 하늘 향해
2분만 들고 있어도
로우포즈는 그대로 이고
하이포즈는 필요한 홀몬을
만들어 낸다고 밝혔다

라인댄스 1시간
신나는 노래와 리듬이
주는 바디랭귀지!
우리에게 어마어마한
에너지 홀몬을 만들어 준다
라인댄스 꽃, 건강 꽃 피워
그대와 춤으로 사랑하고파!

## Hotel California


이글스, 호텔 캘리포니아
가사보다 리듬에
빠져드는 감동이 크다
이 노래 들으면
캘리포니아 하이웨이
시원한 바람과 콜리타 향기
촛불을 켠 그녀가 길을 밝히고
마당에서 춤을 추며
달콤한 땀이 흐르는

멜로디 따라 타오르는
그리운 그대
나는 소리쳐 그대를 불타는
사랑으로 끌어당긴다!

## 라인댄스와 사랑


사랑 없이 라인댄스 없고
라인댄스 없이 그대 없는
내 사랑 라인댄스!

# 미소 춤


세상에서 가장
아름다운 모습은
춤추며 웃는 그대!

내 가슴에
꽃 피워 놓고
그 꽃과 춤추는 상상으로
날 미소 짓게 하는 그대!

# 웃음 춤

세상에서
가장 멋진 모습은
그대가 웃으며 추는 춤!

세상에서
가장 아름다운 모습은
그 춤을 보고 웃는
내 얼굴
그대에게 받은 선물!

## 여행자의 춤

이 세상 순례가 끝나도
저 세상 순례가 있으니
그 길이 꽃길이 될 수 있게
춤으로 준비 해야지
하지만
아직은, 지금처럼
춤으로 일상을 즐기며
행복한 여행 중!

## 화가와 춤

그대는 나의 숨결
초대하지 않아도
아지랑이가 나비로 되는

그대는 화가
보고 있는
내 가슴을 열고
춤추는 그대를 그리는
사랑은 꿈길에 꽃이 피네

# 희망 귀

귀야 우리 춤추자
귀야 우리 낙원가자
세상이 너무 시끄럽지 않니?

그래도 다행인 게
내 가슴에는
그대 목소리가 피운
아름다운 꽃이 있다는 것!

# 공기의 춤

눈 감으면
내 가슴에서 춤추는 그대
잊을 수도
지울 수도 없어
그대 모습 꺼내 보며
푸른 춤으로 자라는 사랑!

# 입술 춤

그대여!
우리 사랑을 짜요
가슴으로 짜고
입술로 짜고
고운 춤으로 짜요!

# 꿈꾸는 손

바느질로 옷을 짓고
음식을 만들고
모든 일을 다 해도
허전한 빈 손
곁에 있는 듯
만져질 것 같은 그대!

## 왜란 꿈

당신 호흡이 왜
내 가슴에서 느껴져요?

아하~
깜박했네요!

내 안의 당신이
춤을 추면, 그 춤이
나를 살아있게 한 다는 사실!

# 꿈꾸는 발

매일 바쁘게 사는 발
힘은 들어도
그대 만나러 갈 때는
춤추듯 신나는 발!

가끔은
생각에도 발이 달려
그대 만나러
날아가고 싶게 하는 발!

# 사진 춤

책상 위 액자 안에서
그대가 웃는다
구름 틀 액자 안에서 웃고
내 안에서 웃고

아직 우리는
퇴색 없이
그리움으로
춤추며 자주 만나는
불멸의 사랑!

## 그대 향기

세상에 없는
그대 느낌 그리워
잠을 청하는 시간

꿈속에서 만난 그대
달콤한 향기로 스며들어
나를 행복하게 만드는
그대 그리고 우리!

# 숨소리

내리는 눈에서
소리가 들린다

네 숨소리일까?
내 숨소리일까?
아니,
세상을 지워 놓고
그대와 춤을 추니
몰아쉬는 숨소리는
어디로 갔는가?

# 영혼 춤

내 영혼은
그대 영혼과 춤을 춘다
나비 날개로
밤하늘을 그린다

별들이 은하수를 만들고
나는 그대에게
그대는 나에게
춤추며 다가선다!

# 사랑 춤

매일 몸이
밥을 먹어야 하듯
마음도 매일
사랑을 먹어야지?
그 사랑,
춤으로 채울 수 있지?
그대 생각으로
채울 수도 있고!

# 빛의 당신

당신은 춤추는 빛
나는 빛의 그림자
당신에게 붙어 다니며
영혼까지 사랑할 빛
그대 찾아다니는 빛!

# 흑진주 눈물

볼 수 없는
그대 그리워
흐르는 눈물
그 눈물,
그대 가슴에
진주로 달고
끝없이 빛나고 싶다
아니, 잠들어도 좋다

# 리듬 춤

'장미보다 더 예뻐!'
리듬은 어깨를
들썩이게 만들고
가사는,
착각에 빠지도록 이끈다

춤은 건강 지킴이!
춤은 우정 지킴이!

# 밀감 춤

연말이 왔다
제주 감귤이 왔다
라인댄스 하는 분이
선물로 베푸는 노란 귤

우리와 춤추고 싶어
동그란 미소로 바라본다
감귤이
감귤과 어울려 춤춘다

# 춤추는 일요일

'EZ SUNDAY'
노래들으면
주중에도
일요일 같은 기분
노래와 리듬이
저절로,
춤추게 만드는 라인댄스
내 마음 그대와 함께
춤추는 일요일
우주로 가는 연습도!

# LISA 춤

춤추는 시간
세상은 소멸되고
그대마저 그립지 않은
신명이 이데아로 데려간다
내가 나를 만나는 신비!

외로운 내가
외롭지 않은 나를 만나고
행복한 꽃을 피운다
우리는 지금
춤추는 중입니다

## JENNY'S CHA

차차차 스텝은 쉽다
동서남북으로
도는 빠른 방향
몸은 마음을
못 따라 가지만
마음은 차차차에 실려
별과 조우하는 즐거움
건강은,
그대처럼 내 행복을
운전하는 조종사!

# 춤추는 장미

장미가 춤추자 하고
바람이 춤추자 하고
구름이 춤추자 하고
나무가 춤추자 하고
바다가 춤추자 하고
하지만 나는,
그대 닮은 장미꽃에
먼저 입을 맞춘다!

when you smile


당신의 미소가 춤출 때
세상도 춤을 춥니다
당신이 미소 지을 때
나는 행복합니다
미소는 춤을 사랑하는
그대를 사랑하게 만들지요
춤은 나도
그렇게 만들지요

## 제비처럼

리듬은 제비처럼 춤추게 하고
리듬은 언덕처럼 춤추게 하고
리듬은 그림처럼 춤추게 하고
리듬은 파도처럼 춤추게 하고
리듬은 사랑처럼 춤추게 하고
신나는 춤의 세상 나에게는
그대가 있어야 하듯
춤이 있어야 행복한 세상!

# All in My Head

몸은 멜로디 따라 돌고
생각은 춤 따라 돌아도
어지럽지 않다
춤을 추며,
온 우주를 방랑해도
당신만은 나의 그리움
당신만이 나의 우주
내 안은,
온통 당신으로 가득!

# 홍시

엄마, 당신 손잡고
춤추고 싶은 곡입니다
가사와 멜로디가
불러오는 그리움
못 견디게 보고 싶어
제 맘에 담긴 추억을
꺼내 봅니다
사랑해요 우리 엄마,
저는 당신과 살고 있죠!

# 행복
에스프리

이향영 시집

# 제2부

댄스사랑 에스프리

# 이 시대의 모든 운동


등산과 걷기
단전요가와 필라테스
거기에 휘트니스까지

나에게는 힘들어
잠시 그만두게 되었다

그래도 다행이다
그대 생각이
그리움을 움직이고 있어서

다시 힘을 얻어
무엇인가 해야겠다는
희망도 있으니까!

# NO운동 NO사랑

아침마다 전철을 타고
해운대에서 센텀까지
운동을 다녔다
한 달 만에 지쳤다

운동 없이 건강 없고
사랑 없이 그대 없듯
내가 좋아하는 운동
다시 찾을 때까지
힘들어도 이어질 도전
사랑이다
멈출 수 없는 사랑!

# 춤의 유혹

춤이 건강을 지켜준다는
친구 얘기 듣고
체육관에 갔다

발리댄스, 살사댄스
줌바댄스를 이긴
라인댄스가 나를 선택했다

그대에게
사랑고백 받을 때처럼
심장이 뛴다

댄스가
심장을 유혹 했는지
기분이
심장을 유혹 했는지
멈추지 않고 뛴다

# 연상 작용

댄스 스텝을 밟는데
책에서 만났던
사람들 생각났다

모리 슈워츠!*
이사도라 던컨!*

춤을 사랑한 그들과
함께 스텝을 밟고 있다

팝송의 달콤한 선율이
나무토막 같은 내 몸에
리듬을 켠다

춤은 몸에 필요한
적극적 모유
그대처럼
내게 있어야할 사랑!

*모리 슈워츠: 사회학 교수. 『화요일은 모리와 함께』 저자. 춤을 사랑한 교수.
*이사도라 던컨: 미국 현대무용 창시자.

## 팝송에 뺏기다

딜라일라 노래 따라
가슴이 뛴다

춤은 유산소 운동
발가락 끝에서 백회까지
혈관의 통로가 된 춤

몸은 향수를 만들고
답답한 일상이 뚫리는
계곡물이 춤의 길을
그대의 길을 열어간다

즐거운 운동

존경하는 사람이
좋아 하는
그 춤을 추고 있다

내 영혼이
당신과 함께 춤추고 있는

상상의 나라

기분에 날개가 달리고
젊은 나는
당신 품안에서
꿈속에서도 춤춘다.
춤은 꽃길 걷는 운동!

# 특별 선물

춤추는 사람은
정이 남다르다

떡과 음료수를
백 명도 넘는 우리에게
일일이 나눠준다

난 무엇을 나누지?

그래
춤으로 쓴 시를
시집에 담아
사랑으로 포장해야지
춤이 담긴 마음을 전해야지
마음이 담긴 시집을 선물해야지!

## 춤의 매력

음악이 몸을 리드한다.

'션샤인 인 더 레인'
노래는 부드럽다
달콤하다

'그대는 비 오는 날의
나의 햇살이야
그대는 내가 아침에
필요로 하는 커피야

그대가 어디로 가든지
내가 따라 간다
아무리 멀리
떨어져 있어도...'

가사와 리듬은
내 춤의 어머니!

# 새가 되는

노래 리듬 따라
춤 스텝이 달라진다

빠르다가 느리고
느리다가 빠르고
리듬에 실려 몸이 움직인다

생각 속에 길이 생기고
어느새 땀이 흐른다
자유로운 새가 되는
나는 하늘을 날고 있다

# 조각 몸매

리드의 몸매는 작품
유연한 몸짓은 움직이는 예술

늘 웃어주는 매력
보는 사람을 즐겁게 한다
함께 추는
우리의 격조를 높인다

그대는
선녀처럼
조각 같은 우리를 이끌고
하늘을 리드해 간다
자유로운 새처럼!

# 춤추는 인형

그대와 함께
호흡하는 기쁨

모리처럼
이사도라처럼
춤을 추며 얻는 기쁨

그대와 함께
춤추는 나는
늘 신나는 인형!

# 애인처럼


춤은
움직이는 건강을 선물하고

춤은
싱싱한 생명력을 선물하고

춤은
아름다운 생각을 선물하고

춤은
느낌 좋은 일상을 선물하는

춤은
그대를 위한
내 춤은 사랑이다
네 춤도 사랑이다

# 춤 선물

내 삶을 포장합니다
나의 마음을 포장합니다
나의 밤을 포장합니다.

하늘나라에 있는
그대!

바닷가에서 홀로
잠자리가 됩니다
날아갈 듯
날아 올 듯
그대와 함께 춤을 춥니다

## 그대에게 바치는

하늘과 바다가 만나는
거룩한 밤

바닷가 모래밭은
춤추는 나의 무대

별과 파도
어둠과 바람
그 속 어딘가 와 있을
그대에게 바치기 위해 추는
거룩한 춤!

# 영혼 춤


내 몸이
그대 생각을 켜놓고
춤추는 저녁의 로맨스

그대와 나눈
한 밤의 뜨거운
춤으로 손잡는
영혼과 영혼의 춤!

# 건강 댄스

춤은 몸을 움직이는 운동
춤은 정신을 이끄는 운동
춤이 주는 선물로
늘 그대가 바라고
지금도 바라고 있을
건강을 지키고
행복을 지키고
우리를 지키는 댄스!

# 선물

오~
캐롤

크리스마스 앞두고
이벤트로 춤을 배웠다

평화의 왕이
세상에 탄생함을 알리는
기쁘고 즐거운 노래

신나는 리듬에 몸은
파도를 탄 듯 서핑 하고
그대는
내 손을 잡고 신나고

올해는
그대 그리움이 선물
오늘은
그대 생각이 선물!

# 마음을 뺏는


옆 자리에서
춤추는 젊은 그녀가
"일을 해도 마음은
늘 이곳에 와 있죠!"
춤이 즐겁다는 표현이다

그녀처럼
나의 행복은
일상에 담기는 댄스
그대 담고 춤추는 생각

# 춤은 마음을 열고

한 어머니가
오메기 떡을 선물했다
일백 명이 더 되는
춤추는 가족을 위해

춤은
마음의 온도를 높이고
춤은
사랑의 온도를 높이고

# 캐릭터

춤을 출 때
팔과 다리를 사용하는 동작은
모두가 다르다

작게 혹은 크게
유연한 몸놀림들

춤은 행복
웃음을 더 얹어 즐기는
위대한 사랑!

# 노래에 담겨

'사는 게 뭔지'
제목보다
책임 질 가사와
곡이 신나는 리듬이다

'정주고 사는 인생
힘들어도
당신만을 사랑하리.'

'사는 게 뭔지'
몸은 리듬에 실려
노래 속으로 들어가서
무지개를 만나고
그대와 춤을 추는
찬란한 계절의 봄 축제!

# 춤추는 우정

글라스가 끝나면
차 마시자
식사하자
미술관 가자
다정한 오퍼가
들어오기 일쑤

춤은
우정을 가꾸는 꽃밭
춤은 사랑을 가꾸는 정원
정이 오고 가는 구름공원!

## Sunny

어제는 비가 오더니
오늘은 햇살이 빛난다
우리는 즐겁고
신나게 춤을 추며
노래를 따라 부른다
삶은 비가 내리고
때로는 햇살이 황홀한
그대는 내 사랑!
그대는 나의 태양!

## 서울야곡

옛날이 펼쳐지는 서울거리
'봄비를 맞으면서 충무로'
그대 손잡고 걷던 그 길
'보신각 골목길을 돌아서'
추억 속으로 들어선다
그대 눈동자 그리워
노래를 들으며
오늘도 춤을 춘다
그대가 그립다
춤을 추어도 그립다

## La Cumparsita– Tango

라 쿰파르시타!
강렬한 라틴 음악 들으면
저절로 들썩이는 어깨
스카카토가 더해져
불멸의 춤과 리듬이
신이 내린 세상으로 이끄는
그곳은
사랑이 출렁이는
당신의 넓은 가슴!
당신의 깊은 마음!

## Toe To Toe


우리 춤을 추어요!
발가락부터 시작해서
손가락으로 춤을 추고
멕시코에서 마리야치처럼
다시 온 몸으로 추어요!
경쾌한 리듬이 주는 기쁨
즐거움이 주는 행복
그대가 있어 신나는
우리 춤을 추어요,
찬란한 춤을 추어요!

## 사랑의 재개발

'싹 다 갈아 엎어주세요'
노래 가사에 속이 시원하다
리듬은 얼마나 신나는지
라인댄스 동작의 재발견
'나비 하나 날지 않던
나의 가슴에'
춤은 나비가 된다
나를 꽃으로 만든다
사랑나비 되어 자유가 된다

## Sway Mambo

그대에게 흔들리고
새콤한 가사에 흔들려
다시
맘보의 박자에 흔들리는
그대는
나의 영혼을 노래하고
나는 그대 그리움으로
그대 만나는 춤을 춘다!

## Absolute EZ Waltz

완전 기초 스텝이라도
초보 라인댄스 멤버들
익숙하지 않는 왈츠를 춘다
춤을 추기는 쉽지 않지만
그대 손잡고
그대 품에 안겨
무작정 따라 간다
하늘 나는 새처럼
그대 생각에 날개가 달린다!

## I'll go with you

그대 가는 곳이면
어디든 같이 가리
달나라도 좋고
별나라도 좋아
그대와 같이 노래하고
그대와 같이 춤출 수 있다면
그곳이 나의 우주
그대와 함께 하는 천국!

# 행복
## 에스프리

이향영 시집

# 제3부

모던사랑 에스프리

# 죽어도 괜찮아

미국 친구들이 내게
한국에 가지 마라
죽으려고 이사 가니?

미사일이
시도 때도 없이
날아다니잖아

괜찮아
미사일은 내게
한 마리, 두 마리
미사일 새일 뿐이지!

새는 가끔
하늘 높이 날고 싶지
그대의 꿈처럼!

# 무소유

법정스님 어깨는
안나푸르나 같은
흰 산을 바라보며
가볍게 살라는 법칙을
묵언으로 켜는 등불

가슴에
무소유!
스님이 머물러 계신다!

# 사랑바다

외로워 마요
바다로 간 그대
나도 그곳으로
가고 있네요

멀지 않는 그 날
그대 기다리는
사랑의 거처로 갈게요

푸른 침실이 있는
그곳으로 갈게요

# 눈에 뜬 별

눈을 감으면
평화로운 들판

그대 눈에 별이 떴다
그대를 만나기 위해
나도 별이 되었다

사랑의 계절에
내가 계절이 된다

# 당신 꿈

귀야,
우리 낙원가자!
내 귀에 대고
'당신을 사랑해!'
그 말 해 주던
당신 만났던 날로

꿈꾸는 행복한 나날
당신 생각만 해도
가슴 설레는 당신!

# 사랑의 깊이

그대 향한 내 마음
하늘보다 높고
바다보다 깊어
잴 수가 없다

내 사랑
끝이 없다
그래서 사랑이다
내가 찾아갈 내 사랑!

## 어떤 사랑

밤 낮으로
곁에서
번지는 그림자
하나!
그대는
그리움을 노래 하나요?
별을 노래 하나요?
새하얀 사랑을
노래 하나요?
나를 부르고 있나요?
지워지지 않는 그리움!

# 보낸 그리움

어제 한 친구와
먼 이별을 하고 돌아온
가슴에
아린 꽃 한 송이 피었다

오늘 밤
하늘에는
별 하나 더 빛나겠지
마음 아파하지 말라며
날 위로하기 위해
더 반짝이며 빛날
그대라는 별!

# 알 수 없는 길

목적이 없고
끝이 없어도
그대와 함께라면

허공 길도
꽃길이 되는
참 좋은 그 길!

# 한옥의 어머니

낙엽 밟고 싶어
한옥 마을에 갔다
뜰 안 장독대가 보인다
한복 입으신 모습!
고추장 떠는 모습!

홍시처럼
빨간 그리움
심장에서 자라나는
보고픈 어머니!

# 목욕탕에 핀 꽃

육 개월 된 아기
할머니와 사우나 왔다

아기 눈에
엄마 닮은 가슴들
시계추로 흔들리고

도리도리 까꿍
까르르 까꾸웅

싱글벙글 아기는
온 몸으로 환한
웃음꽃 피어낸다
웃음바다가 된 목욕탕!

# 프린스 호텔

명동 중심지에
단골 숙소 프린스가 있지요

이곳엔
친구들의 향기가
옥빛으로 배여 있는
부산에서 서울까지
거리만큼 긴 그리움이
반가움으로 덤벼들지요

언제나 반기는
친정처럼 편한 그대!

# 자랑시대

명예 자랑!
재물 자랑!
자식 자랑이 모자라
이젠 손주 자랑!

제발 자랑 좀
그만할 수 없나요?
하지만
자랑은 시대를 외면 한다

나도
자랑을 해야겠다!
내 안의 당신
참 멋져요!
참 예뻐요!

# 청탁

귀는
누르고 찌르고
비교하고 험담하고
계산 하는 말을 싫어 한데요

양념 없는 고운 말로
그대에게
칭찬의 말을 듣고 싶데요

사랑스럽고
멋져요

내 안의 그대
내게 반했을 때 했던 말
이런 말이 듣고 싶데요

그대가 최고에요!

# 보석 같은 그대

당신 만난 그 순간
가슴 설레던 그날
당신 눈동자 속
깊은 호수에 뛰어들어
물고기로 살고 싶다던
그대!

그대는 내 그리움에 잠들고
나는 날마다
그대를 보듬고!

# 하동 가는 길


시골 장날
곤양 버스정류장
둘러앉은 할머니들
웃음꽃 잔치를 연다

친정어머니 모습으로
반겨주는 할머니들
무릎에 뻥튀기
한 아름 안겨드렸다

할머니들
내게 내민 큰 선물
가슴 가득 피워 낸
웃음꽃 한 아름!

벅찬 가슴이
구름 꽃이 된 기쁨!

# 들판으로

바람 햇살 흙
어둠으로 가린 도시

그대여!
우리 다정히 손잡고
이곳을 떠나
푸른 숲으로 달려가자

별들이 쏟아지고
햇살 눈부신 저기 저
이데아의 들판으로!

# 빈 베개

내 옆자리 베개를
책이 베고 있다
하지만 밉지 않다
책을 통해
그대 생각 다시 꺼낸 지금

# 행복 시계

시계가
원을 그리며 가고 있다
저 혼자 가지 않고
늘 나를 데리고 간다
돌다보면 그대 생각
돌고, 나도 그대 생각
저만치 행복이 오는 소리!

# 푸른 정

'맛상게아나'란 화초가
침대 옆에서
밤마다 나를 지켜본다
내가 그렇게 좋아?
나도 네가 좋아!
첫사랑은 아니지만
첫사랑 기분을 꺼내 주거든
화초처럼 내 사랑 늘 싱싱해!

# 어떤 그림

엄마가
어린 딸을 안고 있는 그림
엄마의 눈망울이 슬프다

엄마를 보다가
출가 한 딸이 생각나
엄마는 딸을 살고
딸은 엄마를 살고

# 편백나무 침실에 들어 왔다


딸의 흔적은 떠났고
향기조차 사라진 침실
그래도 다행이다
그리움이 남아 있어
두고 간 딸의 사랑이
기다림을 키워 가는 사랑!

## 그대 생각으로

오늘처럼
커피를 많이 마시면
잠을 설친다
하지만 걱정 없다
커피처럼 향기 나는
그대 생각이 있으니까
늘 그랬던 것처럼
그 향기로 밤을 채우면 되니까

# 커튼

커튼에 잡힌 주름들
당신 얼굴
내 얼굴
주름져 웃어도 아름다운
우리 얼굴 같다

이만큼 와서 보니
우리 참 잘 살고 있다
서로의 영혼에 기대어
아늑한 커튼처럼!

## 어느 추상화

들판에서 봄이 온다
개나리와 진달래가
먼저 오고
벚꽃이 바람을
앞세워 달려오고

꽃을 보다가 나비가 된다
그대 찾아 나서는 봄이 된다

# 11월 11일


벽에 걸린 달력을 본다
두 세트 젓가락 같다

그래, 우리
참 부지런히 달려 왔어
젓가락같이 남은 두 달을
두 다리 쭉 펴고
두 팔까지 펴고
웃으며 부드럽게 보내는 거야
끝이 좋은 게 좋은 그이라고

# 핫팩

겨울 준비로
핫팩 한 상자를 들여놓았다

구석에 놓인 핫팩을 보는데
갑자기 그대가 생각난다

그대 곁에 있으면
필요 없을 핫팩!
보고 싶다 그대!

# Dare To Dance

매일 새로 배우는 스텝
어렵고 힘이 들어도
리드 따라 추는 춤
추다보면 등에 맺히는 땀!

내가 건강해야
그대 생각도 건강
나는 지금 춤추는 중
그대 위해
만들어가는 사랑!

# 와인

노래가 있어 즐겁다
춤출 수 있어 기쁘다
'와인에 취해 그대에 취해'
세상을 잊고 나도 잊고
'꿈을 꾸는지 사랑을 하는지'
그대는 둥근 달이 되어
내 가슴에
빛으로 차오른다!

## Stand By Me

벤 킹의 절규가
체육관 가득 맴돈다
'내 곁에 있어줘 아주 길게'
'내 곁에 있어줘 아주 오래'

내 곁을 떠나버린
그대 생각에 빠져
발이 엉킨다
춤을 출수 없도록 엉킨다
하지만 행복하다
그대를
그리워 할 수 있어서!

# 행복
## 에스프리

이항영 시집

# 제4부

과일사랑 에스프리

# 딸기 사랑

잘 익은 딸기가 있다
겨울인데
봄철 딸기처럼 빛이 붉다
딸기 좋아했던
그대가 그립다

초겨울 딸기 덕에
그대 생각하는
마음이 따뜻하고
추운 날씨가
1도는 높아졌다
보고픈 마음도
뜨거워지는 추운 겨울
그대 품이 그리워지는 계절!

## 포도 사랑

늦가을에 포도가 있다
6월 포도를 먹을 때처럼
달콤하다
첫 키스처럼
쓸쓸함이 지워진다
그대 생각이
외로움의 약이 되는
풍성한 사랑의 늦가을!

# 복숭아 신선


복숭아를 먹으면
신선이 되는 느낌
복숭아를 먹는다

오늘은
달콤한 그대 생각이
신선이다

## 수박 그대

진열장에서
사람들을 바라보는 수박
누굴 기다리는 걸까?
폭포수 키스로
유혹 하고 싶은 마음
옆에다 두고
내 사랑의 갈증을
해결 해 줄 그대
오래 동거하고픈 그대!

## 사과 당신

사과가 있다
내 앞에서
멋진 얼굴로 유혹하고
오히려 수줍음 타던 당신!

그 때 그
당신 닮은 사과가
시치미 뚝 떼고 있다

가슴에 향기 까지 담고
당신처럼
유혹 해도 밉지 않다.

# 모과 사랑

처음 만나
날 꼼짝 못하게 만들었던
그 때 그 멋진 당신처럼
모과 향기는 넘 좋다

가슴 가득 향기를 담고
편한 모습으로
정을 건네던 당신
당신을 사랑해
당신이 보고 싶다

# 배는 으뜸사랑

그대는 배
답답한 가슴을
부드럽게 어루만져 주던
할머니처럼!

그대는 배
슬픔을 삭이고
미소로 위로해 주던
어머니처럼!

당신 사랑은
세상에서 으뜸!

## 누가 자두를

누가 자두를
작은 과일이라 했는가?
이렇게
달콤한 맛으로
내 가슴을
호수로 만드는데
그대사랑 맛으로

# 오렌지 사랑

달빛에 잘 익은
그대 감성
그 감성 가슴에 담고
그리움을 가로 지른
아~
나의 오렌지 사랑
캘리포니아 사랑
그대 있는 곳으로
빛과 하늘을 가르고
달려가는 내 마음!

# 자몽 그대

그대 없이
못살게 만드는
나의 아침 사랑
자몽!

그 맛 그 느낌
가슴에 담고
만날 때마다 늘
애인처럼
가슴 뛰게 만드는
영원한 내 사랑 그대!

# 참외 사랑

잘 익은 참외가 있다
환한 미소로
먼저 안심하게 만들고
달콤한 사랑을 내밀던
그 때 그 엄마 닮은

오늘은 엄마가 보고 싶다
엄마의 사랑이 그립다

## 아보가도 그대

그대는
못생긴 과일
하지만 그대는
늘 내가 먼저 찾는

가슴에 향기를 담고
나를 찾는 사람들에게
힘을 담아주는 나 닮아
더 고마운
그대 없이 내가 없는
우리는 아보가도 사랑!

# 체리의 매력

체리는 달다
붉은 빛으로
먼저 유혹하고
달콤한 맛으로
나를 사로잡는다

이러니
더 달콤한 내 생각에
그대가
정복 안 당할 수 있나
정복당한 그대가 더 달다

# 석류의 유혹

평생
연애 하고 싶은 그대
그대는 석류

날 유혹하는 눈빛에
가슴 깊이 담긴 사랑

아~
터질 것 같은
내 젊은 사랑
그대에게 뺏긴 사랑!

# 키위새 닮은 키위

날개 없는 키위 새
평생 날지 못해도
못 만나도 즐거운 새

내 안에
첫사랑을 담고
한 평생 함께하는 나처럼
행복할 새!
그대는 키위 새!
내 사랑 키위

# 바나나 사랑

어디를 가도
쉽게 만나는 바나나

어디를 가도
내 안에 담겨
날 위로 하는 그대

닮았다
달콤한 마음이
서로 닮았다
그대 없이는 못살아
매일 만나야 하는 사랑!

# 블루베리 사랑

그대 좋아하는
마음이
춤을 춘다

알알이 가득 담긴
코끝 시린 향기가
그대 그리운 마음을
별이 되게 한다

오늘 도 내 가슴은 하늘!

## 파인애플 사랑

겉보기로
판단하지 마세요
사랑은 다 그런 거래요
진짜 마음을 얻어야
달콤한 마음을 맛볼 수 있는
파인애플 같아서
그대는 달콤한 사람!

# 토마토 사랑

토마토는 빨간 빛이 매력
그 매력에 힘을 얻는다
내 안에 머물면서
날 웃게 하는 동반자

오늘은
곁에 있어도 보고 싶은
그대가 더 보고 싶다
그대처럼 빨갛게
정열적인 사랑이 되고 싶다

## 감귤 그대

겨울 친구로 찾아오는
편안하게 와주는 그대
그대 덕분에
일을 할 때도 즐길 수 있는
값진 동반자 그대
노란 옷 입은 고운 얼굴
미소도 놀놀한 그대!

# 한라봉 그대


높은 봉우리 한라봉
일본 감귤에서 교배한
교잡종이라 교만해,
보이지만 맛은 으뜸인
행복을 주는
멀리할 수 없는 그대
늘 그리움이 되는 그대!

# 천혜향 그대

한라봉의 자녀
껍질이 얇고
과즙이 풍부한 그대
하늘 향기가
은혜로 풍성한
가까이 하고픈 그대
잊을 수 없는 그대 향기
내 안에 맴도는 그대!

## 레드향 그대


달콤하고
향기로운 과즙
누굴 닮았을까요?
어쩌면 그렇게
그대를 닮았는지
향기로운 그대
달콤한 그대
자꾸만 생각나는 그대
보내고 보내도
따라오는 그대 향기!

## 구아바처럼

푸른 향기를 오래도록
입안에 느끼게 하는
달지 않아 좋은 과일

느긋한 그대사랑처럼
멀리할 수 없는 그대
나의 벗 구아바!
나의 사랑 그대!

## 망고와 그대

망고를 좋아해서
다른 과일은 밀쳐두고
망고 한 상자를
한 자리에서 먹던
그대를 기억하고 있다
망고만 보면
그대 얼굴이 보이고
지금은 볼 수 없으니
어쩌면 좋지?
망고가 그대였으면!

## 파파야와 케이

엘에이에 살 때
우리 옆집에
케이가 살았다
그녀는
매일 파파야를 먹었다
순한 사랑처럼
부드럽고 달콤한 파파야
매일 파파야를 먹으면
매일 사랑을 먹는 것
그녀는 사랑으로 채워진
삶을 행복으로 만들었다
케이는 늘 사랑을 먹고 사는

# 망고사랑

옛날 멕시코에는
왕이 즐겨 먹었다는
리치 한 망고
망고가 생기면
그대만 주고 싶은 과일
그대 많이 먹고
그대도 왕이 되기를!

## 붉은 용과

붉은 선인장 열매
용의 머리와 지느러미
용의 여의주 모습 닮은
밝고 찬란함이 밤을 낮으로
바꾸어 놓는다는 여의주
그대와 붉은 용과 먹고
황홀한 사랑 영원한 사랑
그대와 여의주 사랑하고픈!

# 밤과 사랑

생밤이 좋다 하는 그대
찐 밤이 좋은 나
우리가 함께
좋아 하는 건 구운밤!
우리 함께 좋아 하는 것
또 있지?
탱고 추는 거잖아!

# 리치의 추억

올케와 태국에 갔다
호텔에 갔을 때
'형님 양귀비가 먹고
예뻐졌다는 전설의 과일
많이 드시고 예뻐져요.'
달콤하고 부드러운 리치!
올케 마음은 리치보다
달고 사랑스러웠다
세상에서 부드럽고
아름다운 것은 올케 마음!

# 행복
## 에스프리

이향영 시집

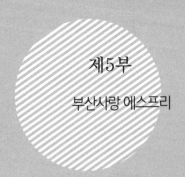

제5부

부산사랑 에스프리

# 해운대 빛 축제

밤이 되면
넓은 모래밭에
파랑색 네온이
바다를 불러 춤춘다

찬란해서
보고 있는 너를
춤추는 빛이 되게 한다

빛 속에서 사람들은
꽃으로 피고
그 꽃은 바다가 된다

행복의 바다
그대 생각 담고
파도치는 바다

## 모래밭 반달

모래밭에
반달이 내려왔다

하늘나라 그대
반쪽으로 머물다
너를 만나러 왔다

그 반쪽을
네가 채웠다
둥근달이 되었다

# 바닷가 궁전


모래밭에
동화의 나라 세워지고
하얀 궁전에서
네 안의 그대를 기다린다

너는
왕자를 기다리는
공주!

# 물고기 옷

바닷가 빛의 축제에
무지개 옷 입은 물고기
신기한 듯
사람을 구경 한다

사람들도
물고기가
예쁘다며 말을 건다
물고기는
자기가 사람인줄 안다

이해가 된다
나도 당신이
물고기처럼 서서
나를 기다렸으면
그 생각 했으니까

# 모래밭에 뜬 별

바닷가
축제장 바닥은
메밀꽃이 반짝이고
밤하늘에는
메밀꽃처럼 별이 자욱하다

메밀꽃은
그대 그리운 내 마음
하늘의 별은
늘 그리운 그대 마음

## 길거리에서

해운대역에서 닫히던
엘리베이터 문이 열렸다

"어서 타시오"
문 안쪽 남자의 말 "감사합니다.
행운의 날이네요"
"행운이 아니고
인연이지요."

낯선 사람이 건 낸 말
당신이었다면
더 좋았을 말!

# 인연이라니

엘리베이터에서 내리며
하는 그 남자의 말
"작가시지요?" "어떻게 알죠?" "작가는 작가를 알아보죠."
그가 내민 명암
소설가 P씨!

당신과 만나는
소설 속에서
지금 당신을
만나는 중이었으면

# 영도 흰여울 마을

90도의 경사진 가옥
피난민이 가정을 이룬
역사가 살아 숨 쉬는 곳

해안 산책로 내려가는 길
다리가 후들 후들

그대 손
이토록 그리울 줄!

# 모자이크 산책로

절영도* 해안 길
물고기, 해초가
다자인 된 벽화!

칡넝쿨이
그림을 덮었다

차 한 잔 마시면서
칡넝쿨 같이 바쁜
일상을 지운다
그대 모습이 선명해진다

* 절영도: '영도04'의 옛 이름

# 흰여울 해안터널

무지개 네온이
차례로 밝혀주는
은밀한 데이트 코스
Touch Love
포트 존에서
내 안의 그대
다가와 포옹한다

내 뺨에
네온 도장 찍어주던 입술
그립고 그립다

# 바다에 사는 그대

갑자기
파도가 커졌다
천막을 치고
해물 팔던 할머니들
떠난 바닷가

바다 속 왕궁에 사는 그대
아무도 몰래 포옹하고 싶어
용감한 파도로 다가왔는가?

# 계단마을

흰여울 동네는
계단으로 지어져
다니기 불편한 마을
270개의 계단을 올랐다

그대 있는 천국까지
가고도 남을 힘!

그 힘으로
보고 싶은
그대 생각 지운다.

# 행복한 바닷가 점심

해안 산책로에서 만난
그녀와의 짧은 인연

이름도 성도 모르는
선글라스에 가려진 눈망울
챙 넓은 모자에 가려진 이마

나는 오늘
이마가 없고
눈이 없는
여인과 점심을 먹었다

꽃게탕을 맛있게 먹는 그녀
그녀를 그대라 생각하면서
그대와 점심을 먹었다

# 하늘에 핀 수련

하늘에
바다가 있다
바다에
꽃이 피었다

바다를 보며
홀로 걷는 해안 길
그대 내려다보고 있어
외롭지 않는 길

그대 보러
가는 길이라면
더 좋았을 이 길!

# 아미동 비석마을

일제시대
일본사람들이
묻혔던 마을

해방 될 때
빠짐없이
옮겨 간 빈자리에
빽빽하게 들어 선 동네
평화가 세워지고

아름답게 변한
그래서 더 빛나는
별과 더불어 사는
별을 닮은 사람들
아미동이 평화롭다

# 아미동 대성사

절에서
문화축제가 있다
고전무용 사물놀이
시낭송 대회가 있던 날!

해외로
입양 갔던 두 어린이
숙녀가 되어 찾아 왔다

옆자리에서 통역하던
내 눈시울이 뜨거웠다

친 어머니 찾아 온
수만리 길
찾지 못한 친어머니!
가슴에 다시 담아가야 할
수만리 어머니 길!

# 아미산 축제

스님이 시 낭송 하고
경찰관도 시 낭송 하고
물고기 장사도 시 낭송 하고
과일 파는 청년도
시 낭송 하는

아미산에 핀 야생화들
진한 향기를 펼쳐놓고
비석바위 축제를 연다

그대가 있었으면
손잡고
가슴에 사랑 그리며 들었을
시낭송 그리고 우리 사랑!

# 감천동 문화마을

꼬불꼬불 길을
마을버스로 올라갔다
알록달록 작은 집들
그림 같은 골목
수많은 계단들!

피난민 동네였던
감천동이
인기 있는 관광지가 되어
스토리를 만들어내는
문화마을이 되었다

오늘은
그대가
스토리의
주인공인 감천동!

# 감천동 행복

해외관광객이
가장 많이 찾는
부산 감천동
언덕 위의 가파른 곳은
과거와 현재가 공존한다

만날 수 없는
아름다운
기억으로 설계 한
감천동 골목, 골목!

내 안의 그대 만나
웃음꽃
먼저 피우는 언덕!

# 얼개 건축

감천마을 언덕에
색다른 건물 하나
당신 처음 만났을 때처럼
눈에 확 들어왔다

유명 건축가
작품 하나로
더 유명해진 마을!

감천마을 건축처럼
내 안에는
멋진 그대가
내 그리움을 설계 중!

# 감천동 국화빵

마을이 고소하다
빵이 공기를 담고
여행객들
스토리를 요리한다

행복을 파는
감천동 로맨스
그대와 먹던 국화빵
추억이 향기로 피는!

# 코로 먹는 음식

자유가 좋아서
홈리스가 된 그는
어느 빵집 앞에 앉아
고소한 향기를 먹는다

조르바도
부럽지 않는 자유
꿈이고 사랑이다

그의 자유는
세상 거리를 누리고
그대 생각은
내 그리움을 누린다!

# 미용실 샤론에서

미장원에 갔다
잊을 수 없는
그 사람 생각
잘라 내려고

긴 머리 좋아했던
그 사람 어느새
내 마음 속에
깊게 뿌리 내렸다

그리움을 자를 수 없어
그대 생각만 실컷 더 했다

샤론 원장
내 마음 훔쳐보고
감추는 미소 아름답다

# 향기 담긴 감사

피부가 맑고 밝다
사랑스럽고 귀엽다

더는 들을 수 없는
이 말
세월 저만치 물러선 오늘

미소가 곱네요!
친절에 복이 담겼네요!
칭찬에 반한 마음

나비가 되어
날아 오른다
그대 찾아 간다

## 말과 사랑


사랑은
입술을 통해
죽기도 하고
살아나기도 하고

그대 사랑
환한 빛으로
벚꽃처럼 춤추고
그대는 늘 그 자리
미소의 말로 머무는
그대 사랑
말이 되어 꽃으로 피는!

# 부산 갈매기

미포에서
유람선을 탔다
새우깡 한 봉지
엄지와 금지 사이에 두면
갈매기들 날아와 채간다

그대여!
왜 마음은 두고 가나요?

# 영도다리

오후 2시만 되면
다리의 절반이
하늘 향해 오른다

단 한 번이라도
짧은 순간이라도

하늘에 있는 그대
가까이 더 가까이
보고 싶어서!

오늘도 변함없이
하늘 향해 높이
오르고 있는 그대여!

## 자갈치시장

고등어 갈치 수많은 생선
하나하나 이름 불러주고 싶다
"싱싱한 명태 사이소~"
자갈치 아지매들
구성진 노래 여기저기
길을 내어준다

물결무늬 고등어보고
그대 생각이 헤엄치는 가슴
누룽지에 자반고등어 구이
좋아하던 그대가 그립다

자갈치시장엔 생선보다 더
많은 그리움이 떠다닌다

# 용두산 공원에서


외국인 한 사람
'구구~ 구구~'
비둘기들에게
모이를 주고 있다
사랑스런 눈빛과 손짓
자기 자식 거두는 모습이다


용두산, 부산을 품고 있는
도시 중심지의 높은 산이다


어머니 생각이 간절하다
외국인이 비둘기 챙기듯
어린 내 손잡고
구경시켜주시던
지금은
저 하늘나라에 계시는
아니,
어머니는 내 안에 계셨다!

# 옛 남포동


'남포동 할매집'
막걸리 집이 없어졌다
개똥철학 좋아하던 선배들
사주던 동동주가 그립다
해물전이 그립고
개똥철학이 그립고
아니, 선배들이 그립다
우리의 청춘이 그립다

할매집이 없어지듯
우리의 젊음이 사라져도
그날이 기억하는 부산!
아름다운 추억이 피어난다!

# 동래 온천장

해운대, 송도, 동래
부산이 발전되어
눈이 부시다
마음도 찬란해진다

동래 온천장
엄마 손잡고 온천 후
새알이 든 미역국 먹던
추억을 남겨주신 엄마
보석을 물려주신 것보다
더 귀한 지난 시간, 그 속에
젊은 엄마가 살아계시는
영원히 살아계실 우리엄마!

# 해설

## 열정의 춤사위에서 피어나는 그리움과 사랑!

배재경(시인)

## 열정의 춤사위에서 피어나는 그리움과 사랑!

**배재경**(시인, 계간 「사이펀」 발행인)

　이향영 시인의 시를 접하다보면 활력으로 세포분열이 일어나는 듯하다. 마치 맛난 음식을 먹는 것처럼, 귀여운 아이를 보는 것처럼 즐거움이 가득 밀려든다. 그러다 어느 사이 그리움으로 종결되는 시인의 사랑을 만난다. 시인의 정확한 나이는 알 수 없지만 일흔이 넘은 인생을 살아온 분의 생애가 이 시집의 전편을 통해 가늠되어 진다면 과장된 표현일까? 젊은 날의 열정들 못지않게 현재를 살아가고 있는 화자의 모습을 통해 '건강성'을 읽는 한편 과일 하나, 풍경 하나, 사물 하나에도 '그대'라는 그리움을 퍼 올리고 추억을 소환하는 장면에서는 아련함을 엿볼 수 있다. 사람은 나이를 먹을수록 추억을 먹고 산다고 한다. 그런 점에서 이향영 시인은 확실히 매일같이 추억을 소환하여 '그대'를 불러낸다. 그 '그대'는 젊은 날의 '사랑'일 수도 있고 지나간 추억의 '열정'일 수도 있고 현재 화자가 희원하는 '바램'일 수도 있다. 이것도 살아가는 한 방편이고 시를 쓰는 즐거움이라면 멋진 일이기도 하다.

무엇보다 시인은 '춤'이라는 행위를 통해 하루의 즐거움과 건강한 삶을 살아가는 활력을 제시한다. 춤은 독자들이 다 알고 있듯 근육을 강화시켜 노화를 방지하는 유산소운동이다. 뿐인가 비만 등 각종 성인병과 골다공증을 예방한다. 이러한 물리적 장점 외에 더 중요한 것은 자신감을 가져다주어 삶의 활력소가 생긴다는 점이다. 활력은 나이가 들수록 더욱 필요로 하는 최고의 비타민이다.

> 세상에서 가장
> 아름다운 모습은
> 춤추며 웃는 그대!
>
> — 「미소 춤」 부분

> 세상에서
> 가장 멋진 모습은
> 그대가 웃으며 추는 춤!
>
> — 「웃음 춤」 부분

시인은 세상에서 가장 '아름다운 모습'과 '멋진 모습'을 "춤추며 웃는 그대!" 또는 "그대가 웃으며 추는 춤!"으로 규정한다. 댄스나 무용, 막춤에 상관없이 그저 '웃는 모습의 춤'을 세상에서 가장 아름답다고 시인은 공공연히 노래하는 것이다. 그렇다면 화자는 왜 웃는 모습의 춤이 아름다운 것일까? 그에 대한 답은 이향영 시인의 전반적인 시적 흐름을 통해 엿볼 수 있다. 화자는 시집 전편에서 춤의 모습을 다양하게 그려놓고 있는데, "춤추는 그대를 그리는"(「화가와 춤」) 화가가 되었다가 "눈 감으면/내 가슴에서 춤추는 그대"(「공기의 춤」)처럼 공기가 되었다가 "내 안의 당신이/춤을 추면, 그 춤이/나를 살아있게 한다"(「왜란 꿈」)고 삶의 목적성과 에너지를 충전하기도 한다. 또한 "그대 만나러 갈 때는/춤추듯 신나는 발"(「꿈꾸는 발」)이 되며, 그렇게 하여 "그리움으로/춤추며 자주 만나는/불멸의 사랑"(「사진 춤」)으로 확대된다. 하여 마침내는

그대여!
우리 사랑을 짜요
가슴으로 짜고
입술로 짜고
고운 춤으로 짜요!

– 「입술 춤」 전문

'입술 춤'으로 그대와 나를 하나로 묶어낸다. 이처럼 이향영 시인이 드러내고자 하는 춤의 미학에는 얼핏 보이는 '건강성'이나 '활발함'과 '즐거움'이라는 겉으로 드러난 춤의 장점만을 내포하는 것이 아닌 '그대'라는 기억 속(추억) 사랑의 대상을 그리워하고 현재화 시키는 작업을 하고 있다는 것이다. 이러한 그대를 통한 현재화는 곧 현실화가 되어 삶의 재충전을 가능케

한다. 그래서 화자는 매일같이 "내 영혼"은 "그대 영혼"(「영혼 춤」)과 만나고 "당신은 춤추는 빛"(「빛의 당신」)이 되고 화자는 그 "빛의 그림자"(「빛의 당신」)가 된다. 심지어 "춤추는 시간"(「LISA 춤」)만은 "세상"이 "소멸" 된 것처럼 신명이 난다. 뿐인가, "춤은 몸에 필요한/적극적 모유"(「연상 작용」)라고 춤의 중요성과 사랑을 갈구한다. 모유는 언어 그대로 생명이다. 갓난아이의 필수 영양소이다. 더구나 엄마의 사랑이 가득 담긴 모유를 먹고 자라는 아이는 훗날 어른이 되어도 인성이 훌륭하다고 한다. 그래서인지 이향영의 시를 보다보면 마치 지고지순한 사랑을 보는 듯한 화자의 사랑을 엿볼 수 있다.

자신의 몸 안에 내재된 그리움들을 이처럼 자유자재로 풀어나가는 화자라면 혼자인 시간을 즐기고 외로움과 고요의 시간을 승화시키는 내구성을 단단하고도 유쾌하게 지니고 있다 할 것이다.

장미가 춤추자 하고
바람이 춤추자 하고
구름이 춤추자 하고
나무가 춤추자 하고
바다가 춤추자 하고
하지만 나는,
그대 닮은 장미꽃에
먼저 입을 맞춘다!

– 「춤추는 장미」 전문

화자가 혼자의 시간을 즐기는 건강성을 엿볼 수 있는 대표적인 시 「춤추는 장미」에서도 '장미' '바람' '구름' '나무' '바다' 등 세상 만물이 화자에게 춤을 청하는데도 불구하고 "하지만 나는,/그대 닮은 장미꽃에/먼저 입을 맞"추는 것으로 자신만의 사랑을 확인하고 추억하며 온 몸으로 그 추억들을 즐긴다. 그만큼 자신만의 뚜렷한 방법으로 가슴속 오래도록 채워두었던 '사랑'과 '그리움'들을 꺼집어내어 자신만의 사랑을 한다 할 것이다. 그래서인지 "그대를 위한/내 춤은 사랑이다"(「애인처럼」)고 선언한다. 이처럼 이향영 시인은 노년의 건강한 삶의 모습이 어떠한지를 '춤'과 '그대'라는 상호 호환적이며 평행적인 관계를 통해 독자들에게 제시하고 있다 하겠다.

　이향영 시인은 또 자신의 사랑을 찾고 즐기는 데 있어서는 아주 적극적이다. 사랑love은 인간이 지닌 최고의 가치이다. 그만큼 신eros이 내린 축복의 선물인 셈이다. 이 사랑으로 말미암아 종족번식이 가능하고 인류가 발전해오는 구심점이 된 것이리라. 그러한 태초의 인간적인 근원인 사랑을 보고 느끼고 즐기는 화자의 모습은 젊은이들보다 더 구체적이다. 그 구체적 사랑은 '그리움'으로 시작된다.

　　귀야,
　　우리 낙원가자!
　　내 귀에 대고
　　'당신을 사랑해!'
　　그 말 해주던

당신 만났던 날로

꿈꾸는 행복한 나날
당신 생각만 해도
가슴 설레는 당신!

– 「당신 꿈」 전문


당신 만난 그 순간
가슴 설레던 그날
당신 눈동자 속
깊은 호수에 뛰어들어
물고기로 살고 싶다던
그대!

그대는 내 그리움에 잠들고
나는 날마다
그대를 보듬고!

–「보석 같은 그대」 전문


평생
연애 하고 싶은 그대
그대는 석류

날 유혹하는 눈빛에
가슴 깊이 담긴 사랑

아~

터질 것 같은

내 젊은 사랑

그대에게 뺏긴 사랑!

- 「석류의 유혹」 전문

위에 예시한 세 편의 시에서 볼 수 있듯 이향영 시인은 지금
은 쉽게 만날 수 없는(만나지 못하는) 사랑을 소환한다. 그만큼 다
시는 현실화 시킬 수 없는 대상인 '그대'를 통해 현현顯現하는
그리움들을 채색하고 그 속에 담긴 사랑을 확인하는 작업들을
보여주고 있다. "'당신을 사랑해!'"라고 말하던 아찔한 기억은
그대를 만난 사랑의 시작이었을 것이며 그로인해 "꿈꾸는 행
복"이 그려지고 "당신 생각"만으로도 "가슴이 설레"는 기억을
갖고 있다. 화자는 그러한 '그대'라는 설레임의 '꿈'(보고픔)으로
행복감에 취한다. 뿐인가, 화자 자신뿐만 아니라 상대 또한 화
자를 너무도 사랑하고 있었음을 우리는 엿볼 수 있다. "당신 눈
동자 속/깊은 호수에 뛰어들어/물고기로 살고 싶다던/그대!"
라고 말하던 대상에 대한 그리움이 화자의 가슴 저 밑바닥에서
울울하게 그려진다. 그래서 화자는 지금도 뜨거운 사랑을 하고
있다는 것을 "그대는 내 그리움에 잠들고/나는 날마다/그대를
보듬고!"라고 내밀함을 감추지 못하고 서슴없이 보여준다. 종
내는 "평생/연애하고 싶은 그대"로 자신의 속내를 드러내면서
목말라한다. 하지만 이내 "아~/터질 것 같은/내 젊은 사랑/그
대에게 뺏긴 사랑!"이라며 지나간 젊은 날의 뜨거움을 추억하
며 그리워한다. "뺏긴 사랑"의 이면에는 설사 속박당한 사랑이

었더라도 그 뺏김은 행복이다.

'석류'라는 붉디붉은 이미지를 통해 드러낸 화자의 사랑은 그만큼 뜨겁고 간절하였으며 상대에 대한 그 간절함은 지금도 유효하게 생생히 살아있음을 보여주고 있다. 이러한 시인의 사랑은 결국 세상에 존재하는 모든 사물들에게, 특히 모양과 빛깔, 향기로 우리 생활에서 쉽게 마주하는 과일을 통해 여과 없이 보여준다. 봄에는 "딸기 좋아했던/그대가 그립"(「딸기사랑」)고 여름에는 "6월 포도를 먹을 때처럼/달콤하다/첫 키스처럼"(「포도사랑」), 가슴 뛰던 그 시간들을 반추하며 "내 사랑의 갈증을/해결해줄 그대"(「수박 그대」)가 되었다가 "당신 닮은 사과"(「사과 당신」)가 되기도 한다. 가을에는 "그 때 그 멋진 당신처럼/모과 향기"(「모과사랑」)가 된다. 굳이 계절별로 확인하지 않더라도 "잊을 수 없는 그 향기/내 안에 맴도는 그대!"(「천혜향 그대」)가 되고 "우리는 아보가도 사랑"(「아보가도 그대」)이 되고 "그대는 달콤한 사랑"(「파인애플 사랑」), "그대처럼 빨갛게/정열적인 사랑"(「토마토 사랑」)이 되는 등 모든 과일마다 '그대'에 대한 그리움과 사랑을 심어놓았다. 물론 이는 한편의 시가 주는 객관적상관물로서의 대상적 이미지일 수도 있겠으나 이향영 시인은 모든 소재마다 자신의 가슴속 속내를 독자들에게 분명하게 밝히고 있다. "나는 과거도 현재도 또 앞으로도 사랑을 먹고 사는 여자다!"라는 것을 말이다.

하지만 이러한 화자의 사랑도 때로는 쓸쓸함을 던져준다.

　내 옆자리 베개를

책이 베고 있다
하지만 밉지 않다
책을 통해
그대 생각 다시 꺼낸 지금

－「빈 베개」 전문


그대가 있어야 할 옆자리에 그대는 없고 빈 베개가 있다. 빈
베개를 베고 있는 것은 책이다. 아마 그 책은 화자가 잠들기 전
보던 책일 것이다. 하지만 베개의 주인이 없어도 그 베개에 놓
인 책을 통해 위안을 얻는다. 아마도 베개의 주인도 분명 책을
좋아하였음을 우리는 익히 짐작할 수 있다. 그러나 화자는 "책
을 통해/그대 생각"을 한다고 위로는 하고 있지만 빈자리에 대
한 쓸쓸함이 고스란히 묻어난다. 상실이 주는 무게는 겪어보지
않은 사람은 모른다. 이러한 쓸쓸함의 모습들은 해안 산책로의
가파른 길에서 "그대 손/이토록 그리울 줄!"(『영도 흰여울 마을』) 간
절함을 부르고 있으며 "망고만 보면/그대 얼굴이 보이고/지금
은 볼 수 없으니/어쩌면 좋지?"(『망고와 그대』)라고 자책한다. 심지
어 그 망고가 "그대였으면!" 하고 희망을 품는다. 그런 아련함
은 "내 뺨에/네온 도장 찍어주던 입술/그립고 그립다"(『흰여울 해
안터널』)라며 가슴으로 큰 울음을 운다. 그 울음은 "단 한번이라
도/짧은 순간이라도//하늘에 있는 그대/가까이 더 가까이/보
고 싶어서!"(『영도다리』)라고 뜨거운 울음을 삼킨다. 이향영 시인
은 다른 건 다 내보이면서도 속울음만은 독자들에게 들키지 않
으려는 듯 찬찬히 담담함을 유지하려는 듯 고요함 속에서 울음

을 삼킨다. 하지만 그러한 화자의 심정을 읽는 독자라면 더 큰 공감과 잔잔한 울림으로 이 시들을 읽어나갈 것이리라.

　무엇보다 이번 시집에 실린 이향영 시인의 시들은 솔직함이 두드러진다. 비유나 다양한 이미지를 억지로 편향하여 어떤 시적 기교를 부리기보다는 솔직한 시인의 마음을 그대로 표현해 낸 꾸밈없는 시편들이 독자들에게 보다 더 가까이 다가갈 수 있음이다.

　'춤'과 '그리움'의 두 갈래를 하나로 통합해 보여주는 '열정'과 '추억'의 작품들을 통해 시인이 보여주고자 하는 궁극적 화두는 '지금 현재의 삶을 뜨겁게 살자!'는 것이리라. 과거는 잊어버리면 아무 소용이 없다. '그리움'과 '추억'이라는 이름으로 잘 불러내었을 때 그것은 생생한 촉수가 되어 이향영 시인처럼 현재를 밝고 즐겁게 '현재 진행형의 사랑'을 할 수 있을 것이다.